ASTICHELLO

Giacomo Zanella

Texte et illustration de couverture : © domaine public
Edition : Culturea (Hérault, 34)
Contact : infos@culturea.fr
Retrouvez notre catalogue sur http://culturea.fr
Imprimé en Allemagne par Books on Demand
Design typographique : Derek Murphy
Layout : Reedsy (https://reedsy.com/)

Dépôt légal : janvier 2023

ISBN : 9791041840830

ASTICHELLO

1884-1888

…l'Astichel che l'onde sue d'argento

Poi che l'ameno Cricoli trascorse

Col suo delicatissimo palagio,

Fonde nel Bacchiglion presso l'Arcella.

TRISSINO, Italia liberata dai Goti , X

I

Una villetta fabbricai, che appena

Quindici metri si dilata in fronte,

Ricca, più che di suol, d'aria serena

E di largo, poetico orizzonte.

Quinci dell'Alpi la nevosa schiena

Che vien di monte degradando in monte;

Quindi il cheto Astichel d'argentea vena,

E tinto in rosso sovra l'acque il ponte.

Datur hora quieti in bronzo impresso

Sta sul frontone. È di Virgilio il verso

Là nell'Eneide, ove dal Sonno oppresso

Palinuro ne mostra in mar sommerso.

Naufrago anch'io del mondo e di me stesso

Possa qui ber l'obblio dell'universo!

II

Sull'aprico rïalto, ove le mura

Del piccioletto mio Linterno eressi,

Erano arate zolle e di matura

Non ignobil vendemmia i tralci oppressi.

Ma tu di me non ti dôrrai, Natura,

Quando, precorsa da' tuoi lieti messi,

Colma il grembo di fiori e di verzura

Verrai di maggio a visitar le mèssi.

O delle cose onnipossente, antica,

Madre immortal, se del tuo fertil regno

Con calce e sasso invasi alcuna parte,

Non sarò sconoscente; e della spica

E del grappolo invece, il desto ingegno

L'etereo fior t'educherà dell'arte.

III

Lascio la soglia allor che alla montagna

Il primo lume imporpora la vetta,

E sovra il bue, che fuma alla campagna,

Trilla perduta in ciel la lodoletta.

L'erta infocata più e più guadagna

Il sol che obbliquo il fianco mi saetta,

E l'enorme ombra mia, che m'accompagna,

Sovra le siepi ed oltre il fiume getta.

Guardo, ridendo, alla lunghezza immensa

De' miei mobili stinchi; e cerco invano

Il capo, che fra i rami e l'erba densa

Si perde indistinguibile e lontano,

Come spesso si perde, allor che pensa

Prender più spazio, l'intelletto umano.

IV

D'Omero a' dì nel tuo muscoso fondo

Di pomici bei seggi e di coralli,

E di candide ninfe insonni balli

Credulo avrebbe immaginato il mondo,

O pensoso Astichel, che vagabondo

Pe' taciturni tuoi tornanti calli

Alle sparse d'armenti opime valli

Porti il tuo gorgo limpido e fecondo.

Se della luna il raggio, che trapela

Tra pioppo e pioppo e la corrente imbianca,

D'una Naiade il dorso non rivela,

Non rimpiango l'Olimpo; e m'è ventura

Pascer la mente, di sognar già stanca,

Nella schietta beltà della natura.

V

Poche miglia hai di corso; e fra tugurî

Acuminati di cannucce e creta

Ora al sol ti riveli, ora ti furi

E vai, stanco Astichello, alla tua mèta.

Breve corso di gloria e fati oscuri

Ebbe al suo carme, che sperò di lieta

Accoglienza onorato a' dì venturi,

Quel di tue ripe abitator Poeta

Audace troppo, che cantò de' Goti

Sgombra l'Italia e qui tra piante ed acque

L'ira addolcì de' non sortiti voti.

È piccolo il tuo corso: il suo volume

Cinto è d'obblio. Così, come al ciel piacque,

Hanno pari destin poeta e fiume.

VI

Di vispe villanelle allegro coro

Sotto la luna, alla campagna aperta,

Uscìan cantando, mano a man conserta,

Dalle sonanti sale, ove il lavoro

Salute e giovinezza immola all'oro

E de' coloni il focolar deserta,

Che contro i guai della stagione incerta

Dell'obolo figlial fanno tesoro.

Cantando se ne gìan sotto la luna

A' lontani abituri; e le compagne

Tutte per via lasciando ad una ad una,

Con la pia squilla, che i defunti piagne,

L'ultima voce nella vasta e bruna

Quïete si perdea delle campagne.

VII

Quel dì le rote tacquero e le spole;

Né risonò nell'ampia sala il canto.

Era di marzo; e non aveva il sole

Rinnovellato alle campagne il manto;

Ancor le siepi non avean vïole,

E fioriva soletto il calicanto.

Ma non mancâr mestissime parole

E d'accorate giovinette il pianto,

Che in bianco abito chiuse e della cera,

Che nelle destre ardea, più bianche in viso,

Portavan altre, ed altre in lunga schiera

Seguìan la bara dell'estinta amica,

Commiserando il caro fior reciso,

L'orbato amante e l'egra madre antica.

VIII

Cricoli, di fontane e di roseti

Bello un dì, sulla fertile pianura

Superbe ancor torreggiano le mura,

Di pontefici asilo e di poeti;

Ma gli atrî occupa l'erba; e le pareti

Varie di nobilissima pittura

Di rustiche lucerne il fumo oscura

Ed ingombrano rastri, imbuti e reti.

Rose e fonti sparîr: taccion gl'ingegni,

Fra cui Palladio garzoncel del divo

Intelletto fe' chiari i primi segni.

Tu, povero Astichel, solo sei vivo,

Tu che scorrendo e dileguando insegni

Come tutto nel mondo è fuggitivo.

IX

Entro la terra le tue stirpi ascondi,

Giovinetto ciriegio, e dalle nevi

Sciolte e mischiate in que' riposti fondi

Al limo nutritor vita ricevi;

Ma né di fior ti vesti né di frondi,

Né sai frutto portar, se non ti levi

Di terra verso il cielo e più fecondi

Aliti in pura regïon non bevi.

Lascia al superbo e misero mortale

Nato di fango e che di fango odora,

Cieco d'occhi e di cor, che mai non sale

Verso il sol dell'Idea che a sé lo chiama,

Sognar nell'arte, che il pensier colora,

Ambito fregio di perpetua fama.

X

Sul declive del fiume orlo fiorente

Un vecchio bue si sdraia e guarda immoto

Il pian dell'acque: altro randagio il dente

Volge alla fronda del succoso loto:

Quello, svïando, ad orme gravi e lente

Sale contr'onda a guado più remoto:

Questo va lungo il fil della corrente,

Il niveo collo sovra l'acque, a nuoto.

Arde in ciel la canicola. Seduto

Il giovinetto mandrïan sul verde

Dell'erba morbidissimo velluto

Sui Reali di Francia ha l'occhio attento

Ed in guerriere visïon si perde,

L'ora obblïando e lo sbrancato armento.

XI

Volge povero d'acque il suo vïaggio

L'Astichel sotto i pioppi, e lambe appena

Con onda lamentevole il selvaggio

Pallido musco dell'estrema arena.

Di Sirio intanto l'infocato raggio

Sull'aperte campagne arde e balena,

E la feconda ilarità del maggio

Cangia in mesta di giallo ingrata scena.

Crolla il capo, gemendo, il buon colono;

Ed il pio fiumicel, ch'alla campagna

Non può fare di sé cortese dono,

Come pover con povero si lagna

De' mutui guai, con lamentevol suono

L'altrui lamento unanime accompagna.

XII

Calda è la notte. A guisa di scintille,

Che sprizzano dal ferro arroventato

Sotto i colpi del maglio, a mille a mille

Volteggiano le lucciole nel prato.

Fluttua nell'acque nitide e tranquille

Dell'Astichel la luna: in ogni lato

Posan l'aure e le fronde, e dalle ville

Odi appena venir qualche latrato.

Di tetto in tetto con infausto grido

Svolazza la civetta insidïando

De' non piumati rondinini al nido;

Ma, come sopraffatto a tanta pace

Della terra e del ciel, di quando in quando

Manda un gorgheggio l'usignuolo e tace.

XIII

Nubi, figlie dell'onda, alato coro,

O che vi piaccia sulle vette alpine

Seder pensose, o nell'ocëanine

Ampie correnti tuffar l'urna d'oro;

Per voi non pur di fresche acque tesoro

L'umili valli allegra e le colline;

Ma gli stessi gran laghi e le marine

Di quanto ruba il sole hanno ristoro.

Suore dell'etra risonante, e dive

Onnipossenti e pie, se vere cose

Di voi cantava sulle scene argive

D'Aristofane l'inno, or che focose

Montano in cielo le grandi ore estive,

Questi lauri salvate e queste rose.

XIV

Agili nubi, com'è bello il vostro

Vario sembiante, quando innanzi al vento,

A somiglianza di fuggiasco armento,

Ite disperse per l'etereo chiostro,

Quale cangiante fra topazio ed ostro,

Qual di foco listata e qual d'argento;

Altra immane centauro al portamento,

Altra con zanne di marino mostro.

Come il deserto fan le carovane,

Voi l'aria attraversate a torma a torma;

Né un color, né una faccia in voi rimane,

Sempre nuove ed antiche. In simil forma

Passan quaggiuso le prosapie umane

Ed alla vostra egual lasciano un'orma.

XV

Perché, nubi, ritrose alla preghiera

Di questi orfani fior, che l'afa opprime,

Varcate in fuga rapida e leggera

Le brulle del Summano aeree cime;

E corteggiando il sol, che della sera

Va lentamente digradando all'ime

Tacite case, in moltiforme schiera,

Di voi gli fate padiglion sublime,

Come i sonni a coprir di Dario e Serse

Mobil palagio di purpuree tele,

D'argentee funi e d'intagliati avorî

In campo erger solean le genti Perse?

Orgoglioso poter, benché crudele,

Sempre ha seco i suoi muti adoratori.

XVI

Il suo stridor sospeso ha la cicala:

La rondinella con obbliquo volo

Terra terra sen va: sul fumaiuolo

Bianca colomba si pulisce l'ala.

Grossa, sonante qualche goccia cala,

Che di pinte anitrelle allegro stuolo

Evita con clamor: lieve dal suolo

Di spenta polve una fragranza esala.

Scroscia la pioggia e contro il sol riluce,

Come fili d'argento: il ruscel suona

Che la villa circonda e par torrente,

Sulle cui ripe a salti si conduce

Lo scalzo fanciulletto ed abbandona

Le sue flotte di carta alla corrente.

XVII

Tra le chiome de' pioppi entro la stanza

Lampeggia il sole, e d'ombre irrequïete

Con tremolo riverbero una danza

Disegna sul candor della parete.

Tal l'infiammata giovanil speranza

Ne' recessi dell'anima una rete

M'ordia di rosee larve! Or sol m'avanza

Il pensier che i fuggiti estri ripete

Melanconicamente; e non è poco

Il suo stupor, se dopo sparsi al vento

Tanti sogni superbi e tanto foco

Di poesia dagl'anni inerti spento,

Volontario romito in questo loco

Fra pochi arbori e fior vivo contento.

XVIII

O d'Orazio, di Pindaro e d'Omero

Logorati volumi, antica cura

Delle mie veglie, e dentro urbane mura

Soli amici e maestri al mio pensiero;

Or che trassi all'aperto, e per sentiero

Fresco di fiori mi guidò Natura

A' suoi vergini fonti, e più non fura

Mitica benda alla mia mente il vero;

Or che il gran giro delle terre, il sole,

E manifesto in ogni parte Iddio

Più veraci, che i vati, hanno parole,

Ed al cor tutto è lingua e tace l'arte;

Non vi sia grave, se di lento obblio

Polvere sieda sulle vostre carte.

XIX

Di neve ha la montagna il capo bianco.

Come dinanzi al precettor canuto

Di fanciulletti sovra l'umil banco

Siede un drappello riverente e muto;

I sottoposti colli, a cui non anco

Di precoce rovaio il morso acuto

Nudo lasciò d'ogni ornamento il fianco

L'aprico dorso levano fronzuto.

Dall'alto labbro del canuto un fiume

Sgorga a nutrir le pargolette menti

D'aureo saper. Dal candido cacume

Della montagna provvidi torrenti

Scendono a valle e con sonanti spume

Oro e salute apportano alle genti.

XX

Anche l'inverno ha sue dolcezze. Io movo

Lungo la siepe vedova di fronde,

E nel sol, che superbo i rai diffonde,

Mi rinfranco dal gelo e mi rinnovo.

Mentre di rovo saltellando in rovo

Il fiorrancio cinguetta; e rubiconde

Coccole e more il ramo non asconde,

I miei verdi fuggiti anni ritrovo,

Quando pe' monti uscia con la civetta;

E poi che tutta la frugal dispensa

M'era consunta e d'altro avea distretta,

Alle siepi chiedeva acerba mensa

Più che ciambelle e pinocchiati accetta;

Né il cor senza diletto ancor vi pensa.

XXI

Di favolosa porpora le piume

Asperso il picchio nella scorza antica

Batte de' pioppi e delle fredde brume

La dipartenza annuncia alla formica.

Ridono i campi di più largo lume;

Ma se sotto i cespugli la pudica

Mammola accenna e lambe il salcio il fiume,

Il bue non ancor esce alla fatica.

Nel pugno alzato il cappellin di paglia,

Tempestoso fanciul dà sovra il prato

Alle prime farfalle aspra battaglia,

E la man d'oro intrisa allegro mira;

Ma la sorella, che gli viene allato,

Ritrae smarrita l'indice e sospira.

XXII

Vive il grande Proscritto. Ebbre parole

E con poca scïenza orgoglio molto

Dalle curie bandito e dalle scole

Avean l'Eterno e lo pensâr sepolto.

Vive il grande Proscritto. E non del sole

Vien con la vampa luminosa in volto

A dissipar le tenebrose fole

D'atei dottor; né di tempeste avvolto,

Quale il vide Isaia sulla superba

Babilonia tonar; ma donde esala

Aura de' fiori, che il calor disserra,

Dalla campagna Ei viene, e con un d'erba

Picciolo stame e d'un moscion coll'ala,

Tronfio sofista, i tuoi sistemi atterra.

XXIII

Rondinella crudel, che ti diletti,

Prima ancor che rosseggi la mattina,

Sciôrre i tuoi canti, e varchi la marina

Per appendere il nido a' nostri tetti,

Perché la cicaletta non rispetti

Cantante anch'essa, anch'essa pellegrina,

Ma l'assali volando e la rapina

Porti in esca a' tuoi nudi pargoletti?

Alata creatura ad un'alata

Creatura dar morte! Oh, se i poeti

D'Italia così fanno, la spietata

Usanza non seguir! Di primavera

Tuo sia l'annunzio: all'altra non si vieti

Essere dell'ardor la messaggera.

XXIV

Una zoppa cavalla, un vecchio cane

Che la coda trascina e par che dorma:

Una sciatta mogliera, in cui rimane

D'uman abito e volto appena un'orma;

Ed usa a' pruni cedere le lane

Di rabbuffate pecore una torma:

Una ciotola, un sacco e poco pane,

O sia veccia e carbon di pane in forma:

Polvere e sol con grosso feltro in testa;

E del villan la voce minacciosa

Sul confin de' suoi campi; questa questa,

O Virgilio, o Teocrito, è la lieta,

Placida, agiata, vita avventurosa

Del vostro Coridone e di Dameta.

XXV

Sotto le nubi altissimo si gira

Con lenta rota il falco; e la gallina,

Che del grifagno l'animo indovina,

Sotto la siepe i pargoli ritira.

Ma sull'entrata pien d'orgoglio e d'ira

Piantasi il gallo, e lui che s'avvicina

Di sangue desïoso e di rapina

Con erto collo e fermo ciglio mira.

Quei cala come folgore: d'un salto

Questi il respinge e de' ricurvi artigli

Pie' e rostro oppone all'iterato assalto.

Ma l'unghiuto la pugna ecco abbandona:

Con gli sproni di sangue ancor vermigli,

L'altro il peana del trïonfo intuona.

XXVI

Uopo per voi non è che al raggio primo

Antelucan la villa esca al lavoro,

Api frugali; e che per voi di fimo

Sparga i maggesi e punga il fianco al toro.

Paghe gli stami a delibar del timo

E le mente sfiorar coll'ali d'oro,

Voi di rugiada e di fragranza opimo

Addensate dolcissimo tesoro.

A voi di vinchi un picciol tetto, un cavo

Tronco è commoda reggia, ove le celle

Edificate del tenace favo.

Le sollecite industrie, i casti lari

Vostri l'uomo contempli, e che sorelle

Sono ricchezza e parsimonia impari.

XXVII

Quando nel pio settimanal riposo

Di chiesa uscito il popol si rauna

A vespertin concilio, ove l'annoso

Pioppo i sedili del crocicchio imbruna;

E chi il diman pronostica piovoso,

E chi confida nella nova luna;

Questi dell'opra e del balzel gravoso,

E quei si lagna che più rea fortuna

Di giorno in giorno i fittaiuoli attenda,

Se amor del giusto, o salutar sgomento

Più miti sensi al ricco non apprenda;

Noto il semplice dir; né duolmi molto,

Se de' compri Soloni in Parlamento

Il ventoso boato non ascolto.

XXVIII

Come il buon vecchio, che Maron descrisse,

Primo ei cogliea la rosa in primavera,

Primo in autunno la nettarea pera;

E così l'età sua contento visse.

Se i suoi piselli in fior la pioggia afflisse,

O la vigna schiantò cruda bufera,

Sempre al Voler, che a' venti e all'acque impera,

Piegò docile il capo e benedisse.

Vide l'antico del vestir costume

Ne' giovani cangiarsi, e la villana

Dal mercato tornar con nastri e piume,

Né si crucciò. Dicea: Dio sol non cangia;

Né cangia il core, se al guarnel di lana

Vuol la mia donna aggiungere la frangia.

XXIX

L'altea fioriva e la selvaggia rosa;

Quando lungo la siepe, a capo chino,

Muovere io vidi una pezzente annosa,

Che qualche arido stel di biancospino

Gia rastrellando con la man rugosa,

E con un cencio di sbiadito lino

Avvolgeva in fastel, né d'altra cosa

Sollecita sembrava in suo cammino.

Cangia la siepe l'odorata vesta

Di stagione in stagion: sciolte le brine,

D'aprile all'aure si rileva in festa;

Ma a questa afflitta, cui biancheggia il crine,

De' suoi floridi giorni altro non resta

Ch'ispido fascio di virgulti e spine.

XXX

Or che di verde la campagna è spoglia,

Pel vasto piano libera e distesa

Corre la vista e sulla bianca soglia

Posa del camposanto e della chiesa.

Così spesso un pensier santo germoglia

In te, duro arator. Ma quando resa

Sara la pompa a' campi, e dalla foglia

Quella veduta ti sarà contesa,

Nell'aura blanda, che i ciriegî infiora

E fa l'erba granir, di Dio la possa

Al tuo pensier sarà che splenda ancora?

O crederai che, come or dalla scola

Riportano i tuoi bimbi, oltre la fossa

Quanto credevi un dì sia sogno e fola?

XXXI

Per l'uscita del fumo le monete

Entrano a moggia nella tua capanna,

Venturoso villano, e alla tua sete

Corrono fiumi di latte e di manna,

Oggi che la Madonna alla parete

Delle tue scuole han tolto, e dalla scranna

Digiuno saputel giostra col prete

E la Bibbia vitupera e condanna.

Finor l'ambasce t'addolcia la fede;

E le lagrime tue cangiava in riso

Salda speranza d'immortal mercede;

Or che t'han fatto in terra il paradiso,

Puoi disdegnoso al semplice che crede

Ed al vecchio pievan ridere in viso.

XXXII

Quando dopo la pioggia un porporino

Arco d'oro e di luce il grembo fende

Della liquida nube, e dal marino

Flutto alle vette del Summan si stende,

Esilarato il cor del contadino

Da que' lieti colori augurio prende:

Dal giallo il grano, dal vermiglio il vino,

Il fien dal verde in molta copia attende.

Egro mortal, dalla solcata fronte,

Dall'arsa man, dal vitto incerto e parco,

In quel che va dalla marina al monte,

Fra terra e cielo, interminabil arco,

Perché non vedi sollevarsi un ponte

Che ti promette a miglior mondo il varco?

XXXIII

Non perché del color, che sul mattino

Cobra i cieli, quando è l'alba ascosa,

Colori la tua foglia, o fior di lino,

Più del mughetto io t'amo e della rosa;

Non perché del color, che il suol marino

Pinge nell'ora, che da' venti ha posa

Né più dell'acque a fior esce il delfino,

Tingi la breve tua foglia vezzosa,

O mio campestre fiorellino io t'amo!

T'amo, perché la tua cerulea tinta

Del caro sguardo m'è dolce richiamo

D'una sorella, che nel cor dipinta

Porto da molte lune e piango e bramo

Che m'abbia seco, come viva, estinta.

XXXIV

Se un racimolo io veggo, che il villano

Obbïò sovra un tralcio; o rubiconda

Mela pendente dall'estrema fronda,

Obblïata non già, ma che la mano

Del fanciullo spiccar provossi invano;

Penso del tempo alla volubil onda,

Che d'anno in anno e d'una in altra sponda

Il fior si porta dell'ingegno umano;

Tal che degl'inni, che l'età lontane

Tacite udîr meravigliando, appena

Qualche reliquia per più duol rimane;

Come il pomo e racimolo, che scerno

Lasciati al ramo, accrescono la pena

Che l'autunno sia scorso e giunto il verno.

XXXV

Amai garzone del natio torrente

Il sassoso fragor. Nell'Alpi errando,

Se d'aereo macigno onda cadente

Rapida a' piedi mi venia spumando,

E come scinta Mènade furente

Usa sull'Ebro a vibrar tirso e brando,

Fra le rupi avvolgea la sua corrente,

Con muta voluttà stetti mirando.

E de' venti il romor, che di foresta

In foresta passava allor mi piacque,

Ché non di fuor soltanto era tempesta.

Or che l'età quella baldanza ha dóma,

Amo, Astichello, le tue placid'acque,

E l'aura che a' rosai scioglie la chioma.

XXXVI

Tacito, immoto, con la canna immota,

Il vecchio pescator pende sul fiume,

Ove, agitando le minute spume,

Salir da' verdi fondi argentea trota

E folleggiar con tortüosa rota,

La coda dibattendo, ha per costume:

Ei, che stremato ha già degli occhi il lume,

Il guizzo attende che la man gli scota.

Nel fiume del passato ad ora ad ora

Getto anch'io l'amo; e tacito sedendo

Tra vecchi libri dalla prima aurora

Al tardo vespro la mia preda attendo;

Ma l'onda passa; e della mia dimora

Altro che d'alga guiderdon non prendo.

XXXVII

Come sillaba a sillaba nel verso

Va succedendo in tuono or alto or grave,

Il concento così dell'universo

Sotto la man di Lui, che n'ha la chiave,

Ne' secoli risuona uno e diverso;

Ma l'incauto mortal d'una soave

Nota al suon preso e tutto in quella immerso,

O che d'un volto femminil sian schiave

L'egre sue voglie, o d'oro e di possanza

Vano sogno l'arresti, all'altre note

Dell'eterno poema che s'avanza

E muta suono col mutar del sole,

O l'orecchio non porge, o come vòte

D'intendimento accoglie le parole.

XXXVIII

Ellera pia, se ti creò Natura

Perché con molli e flessüose braccia

Cingessi e sostentassi arbori e mura

Che della lunga età portan la traccia;

Ellera pia, ch'hai la vecchiaia in cura,

Questo pioppo t'affido, che minaccia

Cader: tu lo sostenta e di verzura

Con nodi indissolubili l'allaccia.

Finché la grande età non gliel contese,

All'usignuol diè nido, e dallo strale

De' soli estivi il fiorellin difese.

Or nudo tronco, al suol piegato e frale,

Se tu d'aita non gli sei cortese,

Chi toglie l'infelice al dì mortale?

XXXIX

Disse Natura all'Arte: Io tutto quanto

Nel mondo appar, dall'atomo alla stella,

Dall'elefante al fiorellin che abbella

Della ridente primavera il manto,

Tutto creo, tutto avvivo. E tu col canto

Angusto e con la tacita favella

De' tuoi colori, temeraria ancella,

Di meco gareggiar t'arroghi il vanto?

L'Arte rispose: Se tu crei, non curi

L'opere tue: di fiori ammanti il campo,

Poi con rapida vece a noi li furi,

Qual se i tuoi parti abbia tu stessa a scherno;

Io colgo a volo un tuo fuggiasco lampo,

E con la rima o col pennel lo eterno.

XL

Molto ciel, poca terra e d'aria e sole
Un torrente vorrei nella mia stanza;
Dell'aquila le penne e la fragranza
Vorrei de' fiori nelle mie parole:
Fiori non colti in queste basse aiuole;
Ma forme alate, d'immortal sostanza,
Chiuse in un vel, del velo a somiglianza
Che le venuste avvolge attiche fole.
Esser vorrei l'allodola, che ascende
Ilare i cieli, e si travolve e gira
Sotto le nubi, che cantando fende;
Che se del nido amor quaggiù la tira,
Dopo breve dimora il vol riprende,
Ed a' suoi cieli ripentita aspira.

XLI

«Ave Maria» la vecchierella intuona;

E nelle scarne tremolanti mani

Va noverando un dopo l'altro i grani,

A cui mistica Rosa il nome dona.

«Ora per noi» risponde una corona

Di figli e nuore. O degli afflitti umani

Consolatrice, a cui del cor gli arcani

Fidenti apriam, quando il bisogno sprona,

Porgi a' semplici preghi orecchio amico;

Salute ti domandano e raccolto

Grande così che basti anche al mendico,

Di cui ne' cenci e nel dimesso ciglio

Ravvisan qual tu fosti, e nel cui volto

Veggono il volto del divin tuo Figlio.

XLII

O giovinette, per l'ombrose fratte

Use a pascer la mite vaccherella,

Nella baldanza dell'età novella

Rigide i modi e più che giglio intatte;

Voi quando con la notte ancor combatte

L'incerto giorno, e la dïana stella

I padri vostri sovra il solco appella,

Venite alla città di caldo latte

Portatrici alla gente, che le piume

Lasciò per l'officina. Come puro

Nelle tazze spumeggia il niveo fiume,

Se dagli agguati vi protegga un nume,

Riportar vi sia dato all'abituro

In simil grado candido il costume.

XLIII

Non avverrà più mai, ch'io di leggera

T'accusi, o farfalletta, ed a fanciulla

Ti paragoni, che da mane a sera

Con suoi vani balocchi si trastulla.

Se sull'ale tue d'oro a primavera

Di cespo in cespo, secondo ti frulla,

Giri e rigiri la stagione intera,

Come se tutto t'invogliasse e nulla,

Forse a te, farfalletta, io non somiglio?

Di sedile in sedile e di volume

Passo in volume: medito e sbadiglio:

Prendo e lascio la penna. A te concesso

È gl'occhi altrui bear con le tue piume;

Io, se agl'altri non so, spiaccio a me stesso.

XLIV

Quando io ti miro, o buon villan, nell'ora

Che della notte l'ombra si dirada,

Seguir la Croce per le vie ch'infiora

Il biancospino e bagna la rugiada;

E l'inno ascolto, che clementi implora

Tutti i Celesti alla crescente biada

(A poco a poco il sol vince l'aurora

E tutta quanta un riso è la contrada);

Parmi che, perdonato il fallo antico,

Iddio visibilmente un'altra volta

L'Eden passeggi al vecchio Adamo amico,

Che nel suono dell'aure e delle fronde

Ancor la voce onnipossente ascolta,

Né più per téma e per rossor s'asconde.

XLV

Se tu pensassi, o vïoletta, al fine

Che tra poco farai guasta e dispersa

Dalle piogge ostinate e dalle brine

Che borea dall'infida ala riversa,

Non oseresti del purpureo crine

Affidar le fragranze all'aura avversa;

E timida fra i muschi e fra le spine

T'occulteresti al ciel ch'anco imperversa.

Ma tu rispondi: già per me non vivo.

Quando le villanelle escon dal chiuso,

Ove nel verno, a' rai di scarso olivo,

Le lunghe notti esercitâro il fuso,

Annunzio ad esse il caro tempo estivo;

E negletta morir poi non ricuso.

XLVI

Insegnavi al villan, che non a caso

Fu fatto il mondo: che il Signor governa

Quanto creò: che non conosce occaso

L'anima al pianto o al godimento eterna,

Vecchio maestro, cogli occhiali al naso

Che a' nuovi dommi non ti fûr lucerna;

A dritto or sei sul lastrico rimaso,

Misero, e rodi un osso alla taverna.

Favola Iddio: favola inferno e cielo:

Tutto di tutti: chi possiede, un ladro:

Un eroe, se lo strozza, il mercenario,

Questo s'insegna con laudabil zelo

Dal novellino dottorel leggiadro,

Che per bontà s'accommoda al salario.

XLVII

Se ti vedessi, o madre, in sulle soglie

Di questa casa, intenta alla tua calza,

L'aura goder che dall'opposta balza

De' pioppi a sussurrar vien tra le foglie;

Se ti vedessi o di deserta moglie,

O d'orfanel, cui la miseria incalza,

E che gl'occhi fidenti in viso t'alza,

Le sue mostrando rattoppate spoglie,

Porgere orecchio a' lai: se ti vedessi

Girar per queste aiuole e far puntello

Di canna a' gigli dalla pioggia oppressi;

Il terren non è d'erbe così bello,

Che negli atrî d'un tempio io non credessi

Questo suolo cangiato e questo ostello.

XLVIII

In finta pugna, per sentiero ameno

Lunghesso il fiume, l'alabarda in resta,

Passa ritto il lancier sul palafreno

Che la via con sonante ugna calpesta.

Bionda fanciulla, che il reciso fieno

Ammonta non lontan, volge la testa

Al bel garzone, che raccoglie il freno

E dell'ardente sauro il passo arresta.

Alla gentil, che l'opera sospende,

Con sommesso parlar chiede la via

E alla data risposta non attende;

Ché la sùbita immagine lo svia

Dell'amante lontana; e campo e tende

In questo mezzo e lance e trombe obblia.

XLIX

Passi, o mostro fumante, e coll'acuto

Tuo sibilo schernir sembri il colono,

Che sulla marra trafelato e prono

Chiede alla gleba l'annüal tributo.

A me, che sotto il vecchio olmo seduto

Il freno a' multiformi estri abbandono,

Rompi l'alta quïete e come in suono

Di protratta ironia mandi un saluto.

Passa, alato Tifeo: convalli e monti

Supera: annoda opposte genti e d'oro

Apri al cupido volgo intatte fonti;

Ma gli rammenta, che vapor fugace

Son del paro i suoi dì; né v'ha tesoro

Che d'un campestre asil valga la pace.

L

Per quante terre in dì d'estate il volo

Potesse circuir d'uno sparviero,

Non darei questo breve angol di suolo,

Che mi lascia signor del mio pensiero.

O poderetto mio, picciolo in vero!

Ma più gran regno ha forse l'usignuolo,

Che d'un ramo contento al bosco intero

La sua gioia confida ed il suo duolo?

Non di torrente, che fra scogli infranto

Mugge superbo ed alle ripe insulta,

Auguro il suono al mio povero canto;

Bastami ch'abbia il mormorio dell'onda,

Che fra le canne e le spinalbe occulta

Il piccioletto mio regno circonda.

LI

Fanciullo non provai tanta esultanza,

Quando gli occhiali si togliea dal naso

Il buon pievano e, non gerundio o caso,

Ma, dimani, dicea, piena vacanza,

Quanta or ne provo in cor, se un dì m'avanza,

E dalle bolge cittadine evaso

In questa erma mia Tempe e mio Parnaso

Torno alla nota solitaria stanza,

Ove più non mi strazia l'importuno

Strilla-giornali: ove tra pianta e pianta

A parlamento i miei pensieri aduno:

D'odoroso tappeto il suol si ammanta,

E l'aere è sì caliginoso e bruno,

Che a mezzogiorno l'usignuol vi canta.

LII

In cospetto le cime ardue mi stanno

Di dentate montagne; e come il giorno

Cadendo va fra l'uno e l'altro corno,

Veggomi innanzi l'orïuol dell'anno.

Lunghe le notti e brevi i dì si fanno,

Quando a manca, toccando il Capricorno,

Laggiù si tuffa il Sole; e del ritorno

Della bella stagion segno mi dànno

I raggi suoi quando, cadendo, il dorso

Tingono a destra in oro alla montagna,

Che del Brenta sonante obbliqua il corso.

Così con righe di montagna e fiume

Alla pupilla mia, che l'accompagna,

Segna il dito del tempo il suo volume.

LIII

A mezzo solco il vecchierel già stanco

L'aratro sospendea, mentre l'aurora

Alle montagne imporporava il fianco:

Levato ei s'era ch'era notte ancora.

Una riversa zolla era il suo banco;

E presso lui la giovinetta nuora

Attentamente avea disteso il bianco

Tovagliolin che di bucato odora.

Susurravano i pioppi: in ciel rotata

La lodoletta coll'allegro canto

L'umile imbandigion facea più grata.

Il Sol nasceva. Assisa sovra il corno

Del bue sdraiato una passera intanto

Salutava tranquilla il novo giorno.

LIV

Dell'antica Badia più non si addita

Che l'erma torre. Quando è mane o sera,

Il bronzo più non chiama alla preghiera

Sotto l'absida eccelsa il cenobita;

Ma con lo squillo antelucan la vita

Sveglia ne' campi; e quando il dì si annera,

Di zappatori faticosa schiera

Al frugal desco e all'aspra coltre invita.

Miseri? Coll'albor della dimane

Voi rassegnati tornerete al vostro

Lavoro, all'aspra coltre, al poco pane;

Ed il vostro sudor non fia men santo

Di quel che un tempo risonò nel chiostro,

Mattutino e notturno austero canto.

LV

Entro un cespuglio di conserte spine

Vidi d'un serpe tremolar la spoglia,

Nella stagion, che partono le brine

E foriero d'aprile il fior germoglia.

Anche il colubro delle nevi il fine

Con letizia saluta; e se la foglia

Alle foreste rinnovella il crine,

Anch'esso di mutar panni s'invoglia.

Lascia a' pruni la buccia, e sovra l'erba

Striscia ringiovanito, la fischiante

Levando contro il Sol testa superba.

Passo fra i pruni anch'io, ma non vi lascio

Né la soma degli anni, né di tante

Ispide cure l'increscioso fascio.

LVI

Nell'antro affumicato si travaglia

Co' Ciclopi Vulcano: il ferro arrossa,

E del cadente maglio alla percossa

Lo sommette l'agevole tanaglia.

Ma qui non scende l'aquila, né scaglia

Giove i fulmini suoi sull'empia possa,

Che al Pelio sovrappose Olimpo ed Ossa,

Tutto il cielo chiamando alla battaglia.

Vener non chiede per Enea l'usbergo;

Né Teti per Achille il bianco piede

Mette nell'atro fragoroso albergo.

Qui non col cielo e non coll'uomo in guerra,

Scende, Astichello, il tuo colono e chiede

Vomeri e rastri a debellar la terra.

LVII

Ero ciliegio: cento volte e cento

I miei rubini maturai: dal suolo

Dopo lunga tenzon sterpommi il vento,

Ed alle man passai del legnaiuolo.

Fui segato, piallato, ebbi ornamento

Di vernici e di vetri. Ora uno stuolo

Di morti, che immortale hanno l'accento,

Alla polve e de' topi al dente involo.

Guardo Omero, Platone, Orazio e Dante.

Dell'onor che m'è fatto e del riposo

Invidia avranno più superbe piante.

Io, se il destin mi ridonasse un'ora

Della mia gioventù, volonteroso

Andrei co' venti ad azzuffarmi ancora.

LVIII

O de' bei giorni ardita messaggera,

Farfalletta gentil, che vagabonda

Del pensoso Astichel lungo la sponda

Batti la porporina ala leggera,

Al tepido spirar di primavera

De' salci ancor non tremola la fronda,

Né delle fide rondini la schiera

Rinnova i nidi sulla vecchia gronda;

E tu soletta, impavida alle brume,

Quasi accusando di lentezza il Sole,

Agiti il volo sul romito fiume?

Ben fai, ben fai! D'anemoni e vïole

Che mi cal, se tu porti in sulle piume

Fiori più belli che non dan le aiuole?

LIX

Questi oscuri sepolti, a cui non rise

In alcun tempo la fortuna amica,

Con aratro e con vanga in cento guise

T'hanno pur tormentata, o madre antica.

Ma la ruvida mano, che commise

Le sementi al tuo grembo, e la fatica

Che i tuoi virgulti inutili recise,

Fêro ne' campi biondeggiar la spica,

E le pendici coronâr del caro

Purpureo frutto, onde il licor spumeggia,

Che tempra della vita il molto amaro.

Sii lieve alle stanche ossa. In questa reggia

I vomeri a ferirti non entrâro,

Ed alta l'erba sulle fosse ondeggia.

LX

Semplice è l'ara, e semplice apparecchio

Di fior la cinge: l'organo non manca,

E de' rustici il canto, che l'orecchio

Coll'allungata nota offende e stanca.

Qui confuso alla folla, infermo e vecchio,

Ma glorïoso ancor della sua bianca

Prolissa barba, a' dì festivi, il Tecchio,

Sedea pensoso sulla rozza panca.

Volgeva forse nel suo cor Torino,

Palazzo Vecchio e le romane mura,

Termine fisso all'italo destino?

O non piuttosto invidïava il pianto

E le fervide preci dell'oscura

Pia femminetta che gli stava accanto?

LXI

Fra due siepi la via torta correa,

Quando il canto ascoltai d'un fanciulletto,

Che incontro mi veniva, e mi parea

Dell'innocenza il canto e del diletto.

Quando al crocicchio, ove il sentier volgea,

Il piccolino Orfeo m'ebbi in cospetto,

Vidi un contadinello, e non avea

Né cappel, né calzari il poveretto.

Vil zaino al fianco gli pendea. Mi stese

Tutto rosso la mano: indi saltando

Lesto il suo canto ed il cammin riprese.

O fanciullezza! Qual più cara al mondo

Cosa è di te, che i pensier cacci in bando

E lo stesso squallor torni giocondo!

LXII

Or che di maggio alla feconda e lieta

Aura di foglie il gelso si rinnova,

Vola la cingallegra irrequïeta

E piume e paglie di raccôr le giova.

Fabbrica il tetto di fuscelli e creta,

Ove, in silenzio, non vedute l'uova

Tinte in giallo depone, e la segreta

Ala distende e le riscalda e cova.

Ecco da' rotti gusci una famiglia

Lesta sbucar di piccoli cantori,

Che all'aria nova palpita e bisbiglia.

Ma già metton le piume, e come dardi,

O d'acqua e Sole tremoli splendori,

Pigolando, dileguano a' miei sguardi.

LXIII

Sotto di nubi una verdastra e nera

Crescente opacità, senza baleno,

Passa una bianca nuvola leggera

Che il ghiaccio porta e la ruina in seno.

Subitamente, come giunto a sera,

Nella muta campagna il dì vien meno;

E si sprigiona l'orrida bufera,

Che spazza con sonante ala il terreno:

Spighe, pampini, fieno in un volume

Rapidissimamente aggira e porta

Entro il suo vorticoso aereo fiume,

Lasciando dietro sé nudo deserto,

E con man ne' capelli e faccia smorta

L'arator di suo scampo ancora incerto.

LXIV

Mentì, mentì dell'Orïente il canto,

Che te, vago usignuol, della vezzosa

Sultana del giardin vermiglia rosa

Disse amante e ti diè di fido il vanto.

Dura gragnuola avea lo stelo infranto;

E sulla zolla lubrica e fangosa

Sotto il pie' del villan la dolorosa

Amica tua giacea squarciata il manto.

Tu dal furor della tempesta illeso,

Tu vispo e gaio dal fronzuto seggio

D'antico pioppo che t'avea difeso,

Del calpestato fior quasi in dileggio,

All'Iri, che il grande arco avea disteso,

Iteravi gioioso il tuo gorgheggio.

LXV

Notturno abitator dell'erma torre,

Che due ciuffi hai per serto e d'oro gli occhi,

Con bianca barba, che al petto ti scorre,

Come si addice al re de' grandi allocchi;

Il villanello il tuo singulto abborre;

E perché di sventura non lo tocchi

Fatal presagio, si difila a porre

Sotto la coltre i trepidi ginocchi.

Era d'agosto. Lenta e rubiconda

Si levava la luna alla marina;

Ed io t'intesi dall'aerea gronda

Commosso salutar la tua regina.

Ah, non è che vil alma in petto asconda

Chi quanto è grande e luminoso inchina!

LXVI

Tu ti affretti, Astichello, e non hai pace,

Se l'onda tua, che le cadenti frondi

Lambe a' salci, passando, e mai non tace,

Del Bacchiglione all'acqua non confondi.

E tu pur col tuo garrulo seguace

Il corso affretti, o Bacchiglion: fecondi

Il bel piano d'Euganea, e nel vorace

Sen dell'Adria ti tuffi e ti nascondi.

Tanta fretta perché? Perché di tregua

E di respir sdegnosi ite correndo,

Come chi larva ambizïosa insegua?

Tanto vi preme, che nel gorgo orrendo

Colui v'inghiotta, ch'ogni possa adegua,

I nomi vostri d'alto obblio coprendo?

LXVII

La sera è di Natale. Al desco siede

La famigliuola, a cui dinanzi è messa

Una zuppa di cavoli, e con essa

Il pesciolin che l'Astichello diede.

L'affaccendata madre, che non vede

La cara faccia, che si avea promessa,

La sua seggiola all'altre non appressa

E volge incerto per la stanza il piede.

Ma repente picchiar s'ode alla porta:

Entra con piume sul cappello il figlio

E con fascia azzurrina al fianco attorta.

Tutto è festa e romor. Nello scompiglio

I fanciulli piluccano la torta,

E dà la gatta al pesciolin di piglio.

LXVIII

Tu canti, usignoletto, e la natura

T'è del canto maestra. Io porgo attento

Orecchio a' tuoi gorgheggi; ma mi fura

Giovanil ricordanza al tuo lamento.

Penso a' verdi anni miei, quando mia cura

Era Ovidio vestir d'italo accento,

E Progne e Filomela e la spergiura

Casa ed il trucidato Iti rammento.

Il mio Chiron rammento, ed i compagni

Ch'ora son muta cenere: di pianto

Avvien così che la pupilla io bagni.

Il cor si svia fra le memorie. Intanto

Tu, vago usignoletto, indarno piagni,

E depreda la sorda aura il tuo canto.

LXIX

Sotto le siepi o de' fossati in riva

Dormi occulta nell'ore, che la spiga

Sibila adusta dalla vampa estiva,

Ed il grave meriggio i fior castiga.

Ma quando Notte il ciel di lumi avviva,

Ed il sonno a' mortali il petto irriga,

Piccola crëatura fuggitiva,

Cui l'acre punta dell'amore istiga,

Tu voli e splendi: ora ti mostri, or celi,

Come batter di ciglia, e lungo il campo

Rendi gioconda immagine de' cieli.

Voi, cui ricchezza in tanto fasto adduce,

Solo non è dell'oro vostro il lampo:

Anche povero insetto ha la sua luce.

LXX

Operosa, frugal, divinatrice,

Che rammassando di frumento e veccia

Vai la tua vettovaglia vernereccia,

Finché ne' solchi procacciar ti lice,

Una bugiarda favola ti dice,

O vaga d'ogni mica mangereccia,

Formica, che il midollo e la corteccia

De' legumi mi guasti e la radice.

Nell'ima buca, che ti fai granaio,

Non per amor di provvido sparagno,

Ma per vil di rapine voglia cieca,

Perché tu ne' stridori del gennaio

Abbia conforto, la villana un bagno

Di bollente lisciva ecco ti reca.

LXXI

Sul davanzal di rustica finestra

Di fastosi garofani una pianta

Io vidi rosseggiar, che tuttaquanta

Di fragranza spargea la via maestra.

Uscìan d'un'olla, sovra i piè mal destra,

Negra i fianchi di fumo, all'orlo infranta,

In cui bollì non potrei dir per quanta

Età di lenti o fave una minestra.

Se tolta al focolar più non allieta

Agresti cene, il senso a' vïandanti

Or co' fiori ricrea l'antica creta.

E tu, che di sudata arte ti vanti

E di dotti pensier, vecchio poeta,

Altrettanto saprai far co' tuoi canti?

LXXII

Questa lira o testuggine, secondo

Che più piace chiamarla in Elicona,

Che al tocco or doloroso, ora giocondo

Dell'inquïeto pollice risuona;

E questa, onde le tempie mi circondo,

Di poche foglie disutil corona,

Che non senza contrasto il duro mondo

Di tante veglie in guiderdon mi dona,

Quanto lieto darei per quella piva

Che coll'umida scorza d'uno schietto

Ramo di salce il villanel compone,

A cui due capre, e quell'erbosa riva,

Un amo, e sotto i gelsi un piccol tetto

Son oro e pompa di regal magione.

LXXIII

Nell'ampia tua caliginosa veste,

Notte, non solo fiorellini e frondi,

Ruscelli e prati involvi, ma foreste

E villaggi e montagne in un confondi.

Pur cara al cor m'è l'ombra tua. Per queste

Piccolette sembianze, che m'ascondi,

Quali nel grande padiglion celeste

Non mi discopri luminosi mondi,

Fra cui lo spirto spazïando sogna

Stabile albergo, ed all'eterna festa

De' cari estinti frammischiarsi agogna!

Simili effetti ha la sventura. Vela

A brun le cose di quaggiù, ma presta

Ale al pensier, che col dolor s'inciela.

LXXIV

Più m'attempo, e più caro ognor mi torni,

Minuto mondo. Quando il sangue ardea,

Eccelse cime, non cespugli ed orni,

L'innamorato mio pensier vedea.

Or che a sera dechinano i miei giorni,

E vien meno il desio, langue l'idea,

Ne' rosei muschi, di che vanno adorni

Ispidi tronchi, il core si ricrea

Tacito riguardando, e la formica

Segue, che porta al suo piccolo speco

Il gran furato alla vicina bica.

A maggior pompe indifferente o cieco

Sento il susurro della madre antica,

Che l'errante figliuol chiama a star seco.

LXXV

Solinga nell'ardor meridïano

La campagna tacea: l'adulta spica

Lieve ondeggiando nell'immenso piano

Sul gracil si reggea stelo a fatica.

Non Satiri bicorni, non Silvano,

Che in quest'ora atterrìan la gente antica,

Ma Ruth vider quest'occhi, la pudica

Spigolatrice, fra il maturo grano

Alta e bella passar. Si confondea

Colle spighe la chioma: l'azzurrino

Fiore del cìano nelle luci avea:

Ma sulle guance, che celar volea

Inchinandosi a terra, il porporino

Fiammeggiar del papavero ridea.

LXXVI

Vestir di grazïoso italo manto

Qualche vecchio cantor greco o latino

Fu giornaliero mio trastullo e vanto

Sin dagli anni più verdi, o cardellino.

Ma con quali parole il tuo bel canto

Potrei tradurre? Ché sul tuo destino

Spargere a te non piace inutil pianto;

Ma non sì tosto in ciel ride il mattino,

Trilli di gioia e con bramoso rostro

Allungando la picciola cervice

Corri levato al cibo che t'è móstro.

So nondimen che il tuo canto ne dice:

Dice che all'aria aperta o dentro un chiostro

Chi si sa rassegnar sempre è felice.

LXXVII

Sul più sublime travicel seduto

Dell'aerea prigion, sotto il piumoso

Vel dell'ali piegato il capo arguto,

O mio fido uccellin, prendi riposo.

Vòlto al balcon, onde il primier saluto

L'alba t'invia, sollecito e geloso

Già tu non vuoi che addormentato e muto

Ti colga il sole ancor per poco ascoso.

Imitar ti sapessi! O per sentiero

Solingo io mova allor che si scolora

Del creato l'aspetto e si fa nero;

O con Pindaro in veglia e con Omero,

Le tarde notti, alla verace aurora,

Che m'attende, sia vòlto il mio pensiero.

LXXVIII

Fresco ruscel, che dal muscoso sasso

Precipiti tra i fiori e la verzura,

E mormorando cupamente al basso

Ratto dilegui per la valle oscura;

Rammenti ancor, quando assetato e lasso

Del vagar lungo e dell'estiva arsura

Io giovinetto ratteneva il passo

La limpida a libar onda tua pura?

Era quello l'april de' miei verd'anni,

Degli anni miei più belli, che fuggîro

Sui veloci del tempo invidi vanni,

Al modo stesso che le dolci e chiare

Tue linfe, amabil rio, di giro in giro

Dal patrio monte van fuggendo al mare.

LXXIX

Vivrai, morrai d'un casolar remoto

Nel buio asilo, tra vincastri e fusi;

Nel pollaio e nell'orto ogni tuo voto

E del cor tutti i sogni avrai rinchiusi,

Vergin beltà di nascimento ignoto,

Che ne' sembianti di pudor suffusi

E nel vivo degli occhi allegro moto

La gentilezza del tuo sangue accusi.

Ma tu, negletta, allor che sovra i duri

Guanciali all'annottar pieghi la testa,

Hai sonni placidissimi e sicuri:

La madre tua, sfibbiata l'aurea vesta,

Chiede al sonno un obblio che tu le furi,

Ed al tuo grido con terror si desta.

LXXX

Delle nevi, che intorbidano il polo,

Precursor fischia il vento, che la vesta

Discolorita squarcia alla foresta

E via pe' campi la rigira a volo.

Porta le fronde. Vedovato e solo

Il rude tronco oppone alla tempesta

L'invitto schermo de' suoi lustri, e resta

Con saldo amplesso abbarbicato al suolo.

Vola il tempo così: così mi svelle

Seco portando l'imbianchita chioma

E m'insolca di rughe aspre la pelle.

Ei le frondi si porta, inane soma;

Ma questo capo eretto in vèr le stelle,

D'umana possa spregiator, non doma.

LXXXI

Ne' campi l'ora ardea meridïana,

Ed un pastor errante alla ventura

Iva spïando per erma pianura

All'assetato gregge una fontana.

Le portatrici della bianca lana

Vinte giacean dalla soverchia arsura;

Quando, molcendo l'affannosa cura

Al mandrïan, di subito una rana

S'intese gracidar. Là volse i passi

E vide d'un ruscello i freschi umori

Che tremolando si perdean tra i sassi.

Oh quante volte avvien che in umil cosa

Che nel tuo superbir sprezzi od ignori,

Egro mortal, sia la tua vita ascosa!

LXXXII

Se tu non eri, Esopo, che favella

Désti alla volpe, alla capretta, al bue,

Senza l'argute finzïoni tue

Quanto la villa mi saria men bella!

Or se miro colombo o rondinella

O sparviero crudele ad ambedue;

Se stridere nell'alto odo la grue

O la pecchia ronzar nella sua cella;

Se del pavon nella stellata coda

Lo sguardo arresto, o se sovra una pianta

Veggo posato il corvo, che disnoda

A rauco canto la piumosa gola,

In ciò che stride, in ciò che ronza o canta

Odo, savio gentil, la tua parola.

LXXXIII

È San Luca. Due tende in sul sagrato

Con nastri a più colori e con flanelle;

Due deschi con rosolio e con ciambelle,

E vendita di vin sotto un frascato;

D'un vïolino allo stridor nel prato

Danzanti co' più giovani le belle;

E sotto l'olmo a scambiarsi novelle

Seduto coi più vecchi il buon curato;

Un fanciul che s'ingrugna ed un che piagne,

Se sonora ceffata li rimova

Dal fumante paiuol delle castagne;

E l'ebbro canto di chi fa ritorno

E del suo casolar la via non trova,

Chiudono, Luca, il tuo festivo giorno.

LXXXIV

Lungo il cantato mio solingo fiume

Voli, rivoli e di squillante grido

L'aure fatichi, o del lontano nido

Desïoso airon, che dalle brume

Boreali fuggiasco, incontro al lume

Dell'aurora correvi; e d'Austro infido

Torva tempesta sovra stranio lido

Ti costrinse a chinar le stanche piume.

Tu, bianco pellegrin, col tuo lamento

Cerchi i noti tuoi laghi, e affretti l'ora

Che i tuoi ritorni non contenda il vento.

Cupido, illuso per un suol che ignora,

Italico villan lascia contento

Il certo pane e la natal dimora.

LXXXV

Io non vidi giammai, presso la soglia

Di qualche aprico casolar montano,

Bello di bruna luccicante foglia

E di purpureo fiore un melagrano,

Che, come da pensier pensier germoglia,

Io non corressi a secolo lontano,

Quando ritolse la superba spoglia

All'arabo predon l'indómo Ispano.

Veggo l'Alambra, e nel cortil già folto

Di rose e gelsomini il mormorio

Di zampillanti ruscelletti ascolto,

E la rupe vegg'io d'orme segnata,

Donde l'ultimo Osman l'ultimo addio

Dava alle torri della sua Granata.

LXXXVI

In giulivo drappel vidi più volte

Urbane giovinette al campo aperto

Prepor ermo sentiero e l'ombre folte,

Di che solingo rivo era coperto.

In quella verde oscurità sepolte,

Con sospetto movendo il passo incerto,

Da quel vago sgomento erano còlte,

Che si prova sull'alpe e nel deserto.

Se stormiva di subito una fronda

O ramarro rompea loro il sentiero,

Quanto più subitanea più gioconda

Era in lor la paura. Ah! non nel vero

Agli occhi aperto, ma ben più profonda

Gioia dell'uman core è nel mistero.

LXXXVII

Con lento passo alle frondose rive

Io mi tolgo talor dell'Astichello;

Né sul quadrante un'ora si descrive,

Che al marmoreo non giunga antico ostello,

Ove di Paolo ancor grandeggia e vive

L'impetüoso animator pennello,

Che di ninfe, d'eroi, di numi e dive

De' Calidoni il nido altier fe' bello.

O logge! o mense! o cembali! o vïole!

O sedenti matrone! o di leggiadre

Donzelle e cavalier giochi e carole,

Eterna festa! Non negar, natura,

Che tu d'ogni bellezza augusta madre,

Dalla figlia sei vinta in queste mura.

LXXXVIII

S'arrampica la rosa, e di sue foglie

Scabre corona le finestre un fico

Alla bianca magione, che l'antico

Mite pastore della villa accoglie.

Logore i molti entranti hanno le soglie

Sempre all'orfano aperte ed al mendico,

Che più benedicendo al volto amico

Che alla data moneta, indi si toglie.

Spesso a quel desco col nemico assiso

Il nemico si vide, che la mano

Diêrsi sorgendo e si baciâro in viso.

Gli sorridono i bimbi, quando passa;

Ma la fanciulla, che del cor l'arcano

Gli affidò, contegnosa il capo abbassa.

LXXXIX

Più non armar di siepe, o buon villano,

L'angusto campicel, a' tuoi digiuni

Unico scampo; e non voler la mano

Più lungamente insanguinar ne' pruni.

Torna Saturno e l'aureo tempo umano

Che comuni le terre e fien comuni

L'entrate al campo, ove per pochi il grano

Più non fia che biondeggi e l'uva imbruni.

Non odi tu Giscon, che dalla scranna

Sua signoril, tumido l'epa e rosso

Dal ventenne Borgogna che tracanna,

Il bel secolo annunzia; e d'un molosso

Rapido aizza la bramosa zanna,

Se ignaro pastorel varchi un suo fosso?

XC

Quando il corsier che del nemico estinto

L'elmo superbo calpestato avea,

Tornava al solco e riluttante avvinto

A dura fune l'erpice traea;

Quando il villano, ancor bagnato e tinto

Del sangue ostil, coll'asta il bue pungea

Ed alle spose sbigottite il vinto

Nemico e le città rase dicea;

Allor ne' campi la dorata chioma

Fluttüava di Cerere, e poggiato

Al faggio, che da Titiro si noma,

Virgilio d'auree bende coronato,

Cantava d'Ilio la rovina e Roma

E dell'alto Tarpeo l'immortal fato.

XCI

Or, quando a' primi zefiri fecondi

Il ferro potator chiede la vigna,

E l'ozïosa terra, aspra matrigna,

Ubertà chiede agli stallaggi immondi:

Quando d'un rivo è d'uopo a' sitibondi

Prati indur le correnti; e la gramigna

Sveller, che infesta al granoturco alligna,

Ed i frumenti mietere già biondi;

Dei robusti coloni le migliaia

Inoperose, o cadano le nevi,

O ferva l'opra al sollïon nell'aia,

Stanno in pace guatando se guerriera

Nemica vela sul Tirren si levi,

O dall'Alpe discenda una bandiera.

XCII

Dolce come di rivoli zampillo

Giù da muscosa pietra, o tintinnio

Di premuto orïuol lusinghi, o grillo,

Di sotto al focolar l'orecchio mio.

Tu nell'imo ricovero tranquillo

Segui indefesso il tuo costume; ed io

Dall'ozïosa seggiola al tuo trillo

Attendo, e l'ora delle coltri obblio.

A' gravati occhi miei la lampa asconde

L'ultimo guizzo: il mio pensier io sento

Che si mesce al tuo suono e si confonde.

E parmi fluttüar, come per vento

Leggera nave abbandonata all'onde,

E così vaneggiando m'addormento.

XCIII

Più non duolsi Polegge e non s'attrista

Come l'uom ch'ha perduto il suo tesoro;

Carlo Zuccato, il prode farmacista,

Vide alfin risanato Brigliadoro.

Colle redini alzate, austero in vista,

Nel suo legnetto rapido e sonoro,

Par che vada di un regno alla conquista,

Cinto le tempie di romano alloro.

Largo, su largo! Nella via maestra

Par che un turbin si scagli: tutto quanto

Il popolo si getta a manca, a destra

Pel gran terror. La sua Giovanna intanto

Contemplando lo va dalla finestra

E si discioglie per dolcezza in pianto.

XCIV

Io son l'antico salice, che il piede

Bagna nel fiume, e del prolisso crine

L'ombra immota nell'acque cristalline,

Che gli corrono innanzi, impressa vede.

All'onda che passò l'onda succede

Delle giovani vite pellegrine

Verso il grande Oceàn, che non ha fine

E da gran tempo il mio spirto richiede.

Onda fugace, dentro cui mi specchio,

Se dal vampo solare io ti fui schermo,

All'onde già trascorse mi rammenta,

Dì lor, che spoglio di verzura invecchio;

E fia grande mercé se al tronco infermo

Ancora qualche estate il ciel consenta.

APPENDICE

A

Astichello, Astichel, dal tuo pensiero

Forse uscirono i dì che a piede asciutto,

Di sasso in sasso perigliando, il flutto

Umile tuo varcava il passeggero?

Se l'Astico superbo altro sentiero

Si aprì ne' campi, onde insviasi il flutto,

Porrai tu pure i pii coloni in lutto,

Tu delle torbe sue fiumane altero?

Lascia i tumidi orgogli al vïolento

Tuo genitor. Dell'argin che ti chiude

Il florido pendio bacia contento.

Non sai, non sai che se ritegni abborre

E dilaga nel pian, fassi palude

Qual è fiume più bello e che più corre?

B

Madre di quante più superbe rose

Dall'Elba al Tigri e del Giappone ai mari

Fregiano il crin di giovinette spose

E consolan d'olezzo urne ed altari;

Canina rosa, d'erme siepi erbose

Ornamento volgar, se teco avari

Furono i cieli, nelle tue pompose

Prosapie ti nobiliti e rischiari.

Nel mattin di sua gloria austera Roma

Vide semplice donna in umil nido

Seder traendo alla rocca la chioma;

Mentre dal Tebro al più remoto lido,

Di gente in gente, nella terra dóma

Correa de' figli trïonfali il grido.